LOCUS

LOCUS

LOCUS

LOCUS

catch

catch your eyes ; catch your heart ; catch your mind······

catch094　看不見的光 （The Invisible Light）　kowei／著　責任編輯：韓秀玫　美術編輯：何萍萍

法律顧問：全理法律事務所董安丹律師　出版者：大塊文化出版股份有限公司

台北市105南京東路四段25號11樓　讀者服務專線：0800-006689

TEL：（02）87123898　FAX：（02）87123897　郵撥帳號：18955675　戶名：大塊文化出版股份有限公司

e-mail：locus@locuspublishing.com　　www.locuspublishing.com

行政院新聞局局版北市業字第706號　版權所有　翻印必究

總經銷：大和書報圖書股份有限公司　地址：台北縣五股工業區五工五路2號

TEL：（02）8990-2588（代表號）　FAX：（02）2290-1658

初版一刷：2005年7月

定價：新台幣250元　ISBN 986-7291-47-6　　Printed in Taiwan

獻給

家人、33個朋友

和一段離去的感情。

你一定會遇見這樣一個人——

和他在一起時，即便是冬天，心仍會是暖的，

不論有多少阻礙在前，也相信只要有他在身邊，一切就不成問題。

日出時，將昨晚最閃亮的那顆星，悄悄放進他口袋裡……

在耳邊低語：「你就是我的光芒。」

但是，幸福真的能夠持續到永遠嗎？

The Invisible Light

看不見的光

二○○五年　春

　　清晨七點十五分，思嘉莉特從被窩裡驚醒，
在傾斜的房間裡……因為想起熊先生，昨夜又失眠了。

思嘉莉特是專欄作家，

眼前正苦惱著報社的邀稿——

要寫一篇名為「看不見光」的專題文章；

然而，最近才結束一段感情，

撞上這種專題，一切變得更加黑暗。

對她而言，光芒是「重要的人」，
卻不懂為何熊先生要不告而別。

試著寫了幾封信，也從未得到回音。

無奈、等待，漸漸吞噬她。

當悲傷襲來時，總是努力告訴自己：

「日子同樣要過下去，何不開心一些？」

思嘉莉特換上新衣服。

昨天收到朋友從法國寄來的禮物，是不是該挑份回禮？

她決定到街上走走，尋找一點光。

早晨八點半的街道，行人稀疏。

因為昨晚下了大雨，街上還有些積水，

她想著，要找到如鑽石般美麗的光芒，

路邊水窪好像有那麼點相似？

「熊娃娃，你也被拋棄了嗎？沒關係，我們一起走。」

思嘉莉特拍掉布偶身上的灰塵，輕輕抱著。

這是今年的大熱門，

唱片行裡反覆播放著一首歌曲──

『看不見的光芒』……

究竟是怎樣的光芒讓人看不見？想要去尋找？

她想，或許就是像熊先生那樣的存在吧？

也可能是音樂、家人、寵物和興趣──甚至是夢想。

突然想起兒時讀的繪本，

走進書店，能夠順利找到嗎？

戀愛大全、數學公式題、怪力亂神的傳說，還有無盡故事——

然而這些，都不是她現在想要的。

思嘉莉特最後買了幾米繪本《月亮忘記了》──
是不是「看不見的，就等於不存在？」
這是個有趣的問題，她聯想到失去的光芒。

服務員問：「是要自己收藏的書嗎？」
「不，是寄給法國朋友的禮物。」

「希望在法國的朋友會喜歡。」

準備好回禮，思嘉莉特繼續想著問題……

「如果能夠順利找到答案，專欄就不用愁了。」

教堂傳來陣陣歌聲……

那是一首關於朋友的歌，歌詞唱到大家把心靠過來，

如此一來，即便漫長黑夜也是永晝。

但思嘉莉特以為漫長的黑夜，也很美好啊！

她相信大自然裡確實有「注定」、不能違抗的力量，

若是將那些力量都歸咎於一個人身上，也未免太沉重了。

公園旁賣燈飾的老太太喃喃自語：

「每個人心中都有一盞燈，

這盞冰冷的燈，需要用自己的雙手去點燃……」

感性的宣言，讓路人紛紛靠了過去，

或許我們一直在尋找的答案，跟所有的動物都一樣——

原始的光和熱，抑或是不同形式的光芒。

陽光穿透公園的樹枝，

灑落在孩子們玩樂的沙堆一角。

「我長大以後，一定要住在這樣的城堡裡面！」

「為什麼？」

「因為城堡能讓人幸福啊！」

思嘉莉特才驚覺自己早就忘了從前有過的夢。

傍晚，她努力坐上鞦韆，

卻怎麼也盪不起來。

「每個人心中都有一盞燈。」

大家心裡的燈，都點亮了嗎？
還是早已被城市的五光十色掩蓋，
迷失了發光的方向？

有時候，她覺得自己就像是櫥窗裡的娃娃。

回到家，望著撿到的熊娃娃、新買的燈飾……
想起今天到過的地方、遇見的人、發生的一切；
然後，可能就開始遺忘那一切一切……

唯有熊先生離開的那一天，
就算睡了一千零一夜，永遠忘不了。
或許因為夜晚總讓人陷入悲傷，
所以，才需要睡覺，才希望永眠。

隔天醒來，映入眼簾盡是壞消息——

「狐狸又攻擊兔子、煙火大會發生意外大爆炸、

當紅女歌手閃電結婚，大家都在揣測誰是她的接班人……」

聳動刺激的話題，讓她一度連早餐都無法下嚥。

為什麼熊先生離開後，這城市好像就要滅亡了？

世界上，真的還有光芒嗎？

撥電話給高中好友：

「這次的報紙專欄很難寫……可以給點意見嗎？」

「『看不見光』啊？

我們一直都走向不同的旅程，

每天、每一刻，這旅程也都衍生出不同的岔路；

我們無法確知，走這一條路就能得到幸福、走那一條路就會不幸，

因為道路沒有終點，不管是愛情、健康、事業或是友情……

這一條條不同的路，隨時都會分裂出不同的未來；

偶爾，大家會不小心踏上黑暗的狹路，

但這並不表示未來就注定會黑暗下去，

我們還是有選擇權，可以走向不同的路。」

跟電話那頭的麻吉，滔滔不絕講了快一個小時，

有好朋友真的很幸福。

下午三點，決定到市中心逛逛。

偷偷觀察其他乘客，是思嘉莉特一貫的樂趣。

她總猜想……這個人，等下要去約會了；

那個人，正要到馬戲團巡迴演出；

睡著的人，他們現在正夢到些什麼呢？

在所有人都下車之後，

就是那個地方——

──曾經和熊先生一起造訪的占卜屋，
是只有兩人知曉的秘密基地。

思嘉莉特走進去，想要尋找光。

貓巫女回答：
「我無法明確告訴妳光是什麼，
因為光就像是一扇不知何時會被開啓的『門』；
手把更彷彿生鏽一般得要運氣夠好，才能打得開。

因此，我也無法預言這樣偉大的光，會在哪一天降臨在誰身上，
我只知道，持有『信念』鑰匙的人，終會遇見。」

「有些人，

即便登上高山，

潛入深海，

也還是找不到光芒，

或許是因為

人總是習慣看向遠方，

而模糊了身邊的珍寶。」

貓巫女的話，

和眼前的景象一樣難懂。

傍晚經過廣場，才驚覺時間飛逝……
又到了5月26日，捲毛狗先生的生日，決定撥通電話過去。

「好久不見，祝你生日快樂！」
「啊！真的好久了，時間過得很快呢……最近在忙些什麼？」
「在寫專欄，你不會有興趣的……是關於『看不見光』。」思嘉莉特回答。
「看不見啊…我不懂，但對我而言，聽不到的感覺更痛苦呢！」

時間過得太快……誰會知道，曾經一起的兩人，分手之後，
女孩已經又再結束一段戀情；男孩則陷入另一場單戀。
專欄截稿的壓力，比起浪漫的煩惱，　似乎更實際些。

詩人朗誦著戀愛詩篇、
異世界的飛行船就要到訪、
戀人們相依偎……
當街頭藝人將第一顆泡泡
吹向天空時，
太陽小姐也要下班了。

橘紅色地平線的彼端，
有著什麼？

思嘉莉特並不好奇，

因為太陽小姐有自己的隱私。

「越是黑暗的地方，應該越容易察覺光芒的存在吧？」

當夜晚降臨時，她走進森林、跌跌撞撞，

葉子覆蓋天空，幾乎什麼都看不見……

幸好，總是會出現新的力量，
一點一點微小的光芒，從樹叢間緩緩滲出──
「螢火蟲，你今晚又要為誰點亮歸路？」

狗牛給的勇氣、螢火蟲給的光芒，
還有無盡道路給的可能性……
看看四周，她還是可以找到些什麼。

被螢火蟲的光吸引，

銀龍、河童、獨角獸

也出來嬉戲……

「光，就是——

努力擺脫他人的謠言，

活過每一天罷。」

「我也總在黑暗深水中

尋找一線光明～」

「尋找光就是

尋找真實的自己！」

為何要把事情看得那麼複雜？

思嘉莉特漸漸有了答案…

曾經，她真的相信自己能像從前一樣抓到那顆星星。

只是，那顆星，又能放在誰的口袋裡？

回到家，立刻寫下這樣的心情──

看不見光

這是我在今天體會到的心情。這個世界──
時時刻刻都在發生恐怖和不幸的事，以及許多不可思議又美妙的事；
無法確知未來會是什麼樣子……我想，即便是神也不會知道。

因此，我總覺得疑惑──
既然分分秒秒的決定權都在我們手上，
為何在面對不好的事情時，我們卻還時常覺得「看不見光」？
明明大家都無法預知未來，為什麼要詛咒未來？

每個人都在尋找光，如同向日葵──
大多時候，總是向著外面、期待別人給我們光芒；
一旦得不到，就會痛苦難受，也難怪會看不見光了。

如果，每個人都能夠察覺到這一點，努力成為會自己發光的向日葵，
即便未來將降臨多麼殘酷的考驗，我們就能去相信：
黑暗的夜就要結束，
馬上，又能從密林的葉片縫隙中，找回光明！
因為隨著道路蔓延，無盡的旅程才要開始。

「看不見光」──新的專欄文章，總算在截稿前趕出來了。

隔天，報紙還是照常發行，
究竟是想看不幸消息的人多，
還是想挖掘希望的人多？
思嘉莉特不知道專欄
是否能引起迴響。

小鎮上，
兔子仍舊遭到狐狸攻擊、
貓咪為了追一隻老鼠
闖越紅燈……
屆時還會有媒體大肆報導嗎？

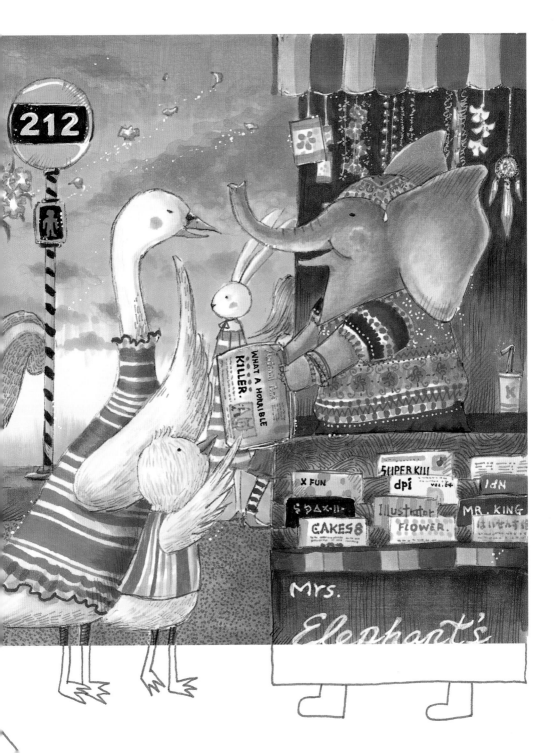

天空下起雨⋯⋯

你的心底是否感受美麗？

其實，雨天也沒什麼不好，
如果不是這場雨，思嘉莉特就不會幸運地發現這家咖啡店。

雖然窗外共撐一把傘的路人洋溢幸福表情，
溫暖的店又讓她想起熊先生……
（要是兩人還在交往，就能一起來了。）

她搖搖頭，所有的回憶，都要轉變成堅強。

每段尋找光的旅程，

都好像是一輛車，獨自在黑暗隧道中高速行駛⋯⋯

縱使從出口透進來的光，總讓視線模糊；
但很快的，她知道不遠處將有答案浮現。
「熊娃娃，就送給妳吧！」

現在——

光，是一個輕易就能到達的地方……

雖然，思嘉莉特和豬先生、鱷魚先生只是房客關係，

但也是某種形式的家人。

（他們可以在週末夜，租支好片共同觀賞。）

「我在城堡前，發現一朵會自己發光的向日葵。」

——情詩·獻給過去。

結束專欄，也不再期盼他的信。

別了，虛空。

她知道……

心中有光的人才能與光重逢，

這是找到光的秘密。

她真的知道……

這天早晨，
信箱裡有一封信。

「對不起，
我突然離去，一定帶給妳很大的傷痛；
但我一直都相信，即使我不在，
妳也一定能夠找到口袋中可以裝下星星的人。

因為尋找光的過程不會停止，
那是不會結束的事。
只要有人存在，就會不停尋找、不斷進步！
幸福的城堡、完美的世界並不存在，
但人類一定會不斷朝那方向前進…
我這麼深信著。」

這封信是熊先生的遺書——
給思嘉莉特的那一部分。

思嘉莉特輕聲說：「謝謝」。

謝謝熊先生，當他離開的時候，
她曾以為一切都不再重要；只能不斷地寫信，
期待隔天醒來，能收到熟悉的回音。

然而，現在她真的知道……

哪怕是無盡憂慮或悲傷，她都能夠坦然面對，

因為所有的答案，皆已在平凡無奇的旅途中浮現了。

這天出門前，

思嘉莉特親吻豬先生和鱷魚先生，

她知道他們將不再相見。

Walkman裡仍舊是那一首歌，

但終於播放到最後……

『如果說，

長久以來的光芒，終將有毀滅的一天，

那麼我一定會選擇成為留下來面對黑暗的人；

比海洋深沉的藍、比烈焰耀眼的紅、和銀色光芒，

有你存在的世界，一定是那個樣子。

請別擔心，因為我將永遠黑暗而自足；

閉上雙眼，仍然可以看見別人所看不見的光、

幸福的城堡、和獨一無二的我們…

所以說，

為了再次相逢的那天，

這首超越時空的戀曲，一定要送達你身邊。

到你身邊…』

Lyrics by Aris

當下個夏天來臨時，

她看不見光，

因為她本身就已經是光。

現在，閉上雙眼，

她就可以看見曾令她心碎的願望，

即便那將永遠是一場遙不可及的夢……

但只要閉上雙眼，

她仍能清晰看見；

然後帶著這個夢，

去尋找下一個夢。

後記　第一道光

『看不見的光』殺青酒會。

KOWEI
'05

開始的故事

（2004年1月5日~25日『尋找光』徵文活動）

　　回想『看不見的光』之故事來源，要追溯到二○○四年初，當時我在GIGA電子報上舉辦了「尋找光」徵文活動，募得三十三封來信。這些人，多半是創報以來就支持我的報友，大家都認為這是很珍貴的一次合作，由他們的文，配上我的插圖；因此我也認真去畫，希望創作出適合文章的圖片。某天，聽了姊姊的建議，才將這些短文排列組合、加上頭尾、串聯成這個故事──『看不見的光』。

　　而在創作過程中，因為阿公過世，結局於是有了轉變，在決定要讓劇中的一個角色「死亡」後，主軸也隨之產生：「兩個相愛的人，如果注定要有一人先離開世界，你會選擇成為離去，或是留下來的人？」以此為出發點，獻給一段離去的感情，我決定要描寫一個女孩面對愛人離去，從逃避、追尋到面對的過程。

　　雖然阿公過世已滿一週年，但只要想起他，阿婆還是會覺得很難過；因此，這個問題也一直纏繞我腦海⋯至於答案，目前還不能很確定，（因為我不是阿婆，無法徹底體會突然結束好幾十年的相愛時光是什麼樣子？）不過，如果是我，一定希望活得比心愛的人長久；雖然失

去另一半會感到寂寞，但我卻能趁對方還活著的時候，盡可能確保他是處於「幸福」的狀態。

我祈禱著，不管是阿婆、思嘉莉特或是全天下的戀人都能有這種想法，因為他們是何其幸運，可以成為對方的光芒。

發光的機會

（2004年4月16日～9月3日，刊登於「自由時報」48版「青春Pasta」）

二○○四年二月，「自由時報」的薇薇姊偶然逛到報台，促成合作機會。

本來薇薇姊想刊登的是電子報上的另一作品「波音」，但在我的要求下，決定改成『看不見的光』。那個時候，我才畫了15張圖，故事後半的發展也還未明朗化，感謝薇薇姊還是願意給我機會發表。

同年暑假，我帶著進行到一半的作品來到「大塊」。其實這並不是我第一次主動投稿，二○○三年夏天，第一部作品『國王19歲』就被三家出版社打了回票；但我仍相信機會並不是一天到晚都會自己降臨，於是決定要再次挑戰。這一次，終於獲得「大塊」的賞識。

（今天書本最後呈現的，是我根據畫圖當時的原始想法，重新寫下的完整故事；先前與網友合作的版本，則依舊刊登在GIGA電子報上。）

努力的創作

（2005年暑假，繪本『看不見的光』正式發行）

出一本書真的很不容易，從創作開始到成書，經過一年半的時間，中間歷經很多考驗，並且時常在課業和夢想中找尋平衡點；作品前後的

討論修改，也花了幾個月。（因此，這篇後記也修改了三次，甚至從秋天寫到春末啦…）

我在畫冊、雜誌、生活中和網路世界遇見了許許多多的高手，每次欣賞他們的作品，都讓我覺得自己好渺小，但卻也因此想要更加努力去畫，因為永遠都不可能成為最好，所以要持續地加油下去。

未來的故事

（在2005年暑假之後…）

這次能在「大塊」發行繪本，真的很感謝老天爺，（大概沒有一個年輕人的「後記」像我這麼多話吧？）雖然還不知道會不會有下一本，但還是想先來預告接下來的動向…

『看不見的光』有個前傳，那是熊先生和思嘉莉特交往時所發生的故事，如果你喜歡『看不見的光』，請務必期待這本書（雖然它要很久以後才會生出來…）。那麼，下部作品到底是什麼呢？答案是中／日文對照版的「詩集」，雖然主角不是思嘉莉特，但詩集透露出的心境，絕對可以代表思嘉莉特對熊先生的思念；因為寫詩的人，就是我最敬愛的阿婆。

寫到這裡，也該告一段落了，雖然很不想停筆，不過如果再寫下去，一定會讓人很困擾吧？那我們就下次見囉～如果對這本書有任何想法，也歡迎你告訴我，摳家的末先生，一定會為了你的話，一直加油！加油！再加油！

Special Thanks

我的家人和家族朋友們、

Everybody at 大塊出版社、

Everybody at MY KIP PLACE、

Everybody at Mr. KING 留言版、

Everybody at 建國中學54th302、

Everybody at 銘傳大學商設四甲。

協助我完成繪本的韓姊和萍萍姊；

協助我架設網站的伊樂和sakura26大大；

支持我追隨夢想的高至尊老師、林學榮老師、田覺民老師；

給我畫圖機會的薇薇姊（自由時報）、開平姊（蘋果日報）、賈姊＆瑞斌
學長（銘傳一週）、兔子姊（dpi設計雜誌）、馮姊（中國時報）、正莉姊
（聯合報）、阿正＆靜雯姊（長榮）、潘媽媽…

高中時期給我回憶和力量的Marcel、sharpy、RL、Dan、吳挺、TT
Doll、BUAA、凱凱、小牙；在週記上陪我塗鴉的黃玉容老師、家政權
威的張園笙老師、佛法無邊的黃美珠老師、讓我愛恨交織的張秋娥老
師、由歐巴桑率領的北一語傳；高木爺爺；國中時期讓我有活下去動力
的淑儀姊＆育綾姊（廣漢書店）、在國語簿上支持我畫圖的倪炳富老
師、阿卡的幻想都市討論區…

讓我充滿幹勁的Sharon、Joy、ellen、鈺中、李子頭、彥廷、立偉、
enya、Cindy、慧英阿姨一家、小日本；小土、yekou、iris、羊先生、
mizu姐、狗竹、雨潔、阿國、PIZZA學長等GIGA報台上的報長朋友…

另外要再特別感謝三年內特別照顧我的冠人＆思嘉、默默付出的青瑩、
鬼才佩珊、懂我的婷婷、電腦大王楓爺、藝術家益彰、讓我無言的雷
門、答應要為繪本作曲的小立羽、載我摔車的尷尬、戀愛戰友仙妮、校

車拍檔玄姐、盡責的佩芸＆秀如、散播歡樂的小司家族、幫我切割玻璃的MOMO＆阿珠、挺我的黃大仙、耀眼的娃娃女神、借我地圖的吉妮、一同為創作革命的的六十歲老婆歐陽、織圍巾給我的可小姐、為我介紹畫圖機會的新雨、溫柔的允真、點名時罩我的小瓜、說要當我粉絲的蚊子、幫我縫國畫本子結果手流血的芷芯、細心的小八、日本行導遊冷俞、有趣的小汪和阿北（不要太常抽煙喔～）、體貼的詠怡、喜劇演員阿美、百變正妹阿花、搖滾巨星芳怡、造型顧問／怡瑄教主＆小毓、借我達文西密碼超過一學期的嘉惠、電腦課的好夥伴姵如、創作同好苒、請我吃蜜餞的宛真；小玉學姊、姿妤學姊、宛臻、維潔；劉晏、小千千、Bon啾（我的混音專輯呢？）、阿敗＆小辣椒、合唱比賽的好搭檔阿布＆大支＆高個兒＆柯南、有禮貌的榮仕兒、人超好的阿ㄆ一ㄚˇ；小兔學姊、筱萱學姊、萱瑜學姊、艾潔學姊、子堯、阿丁、小金門、運匠…等照顧過我的學長姊們；學伴Tiffany、品設系草小丁；令人敬佩的林昆範老師、永遠年輕的方菁容老師、髮型最炫的廖卿枝老師、驚醒我們的呂秉齡老師及所有指導過我的商設老師們…

最後是失聯很久的施寄青老師、曹代賢老師、林怡菁老師、阿鑑、小藍、hugh 兄，我想念你們。當然，還有現在正看著這本書的「你」，相信從這一刻起一切都會變得更美好，因為那道「看不見的光」指的就是你「自己」。

未來，我也會抱持這個信念繼續創作，無盡的故事、緊緊相扣的主人翁們，都在這條旅途上靜靜等待著，如果還有緣分相遇，再次見面時，請與我一同造訪下個新世界吧！

kowei 2005年 梅雨季於 台北家中

這個部分，要特別介紹最初參與「尋找光」的33位朋友，當然……你也是尋找光的一份子喔！

家慈suzi（13）
新竹市
培英國中

光是：埋藏於心底的昔日溫暖回憶。

夢屍（15）
彰化縣
東南國中

光是：一個幸福的最佳地點。

季潔（16）
桃園市
育達商職／
廣告設計科

光是：追逐自己的夢想。

旻（13）
台北縣
復興商工／美術科

光是：在黑暗中尋找一線光明。

hoshi（18）
台北縣
德明技術學院／
財政稅務系日間部

光是：該要誠實的面對自己，適時的表現自己的勇敢。

paddy（20）
苗栗縣
失業中

光是：活絡生命的泉源。

穎馨（17）
桃園縣
桃園高中

光是：純真的心。

Lucaz（20）
桃園市
台灣師範大學／
教育學系

光是：To be the light。

小哈（20）
宜蘭縣
靜宜大學／青少年
兒童福利學系

光是：家人以及身旁的朋友。

小魚（18）
台北市
打工族

光是：就像太陽如此照耀著。

Meng（21）
台中市
嶺東技術學院／
視傳系

光是：一枝耀眼的畫筆，彩繪人生。

Peggy（22）
台北市
工商時報／
金融組記者

光是：每個人的天命。

天狼（17）
桃園縣
武陵高中

光是：離我最近，卻永遠碰不到；離我最遠，但只在我面前。

cross（21）
桃園縣
淡江大學英文系／
現正於美國賓州求學中

光是：黑暗中，只要轉身就能看見的一束小小希望。

PK（20）
台北縣
國立東華大學／臨床與諮商心理學系

光是：光就是我自己。

Angel（31）
高雄縣
電腦老師

光是：守護神。

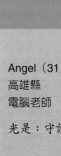

RUI（21）
台北縣
致理技術學院／
銀行保險科

光是：無可預
見的未來。

KIKA（19）
高雄市
中興大學／森林系

光是：能夠從自
身發出，並且因
努力而能更加亮
眼的東西。

OKelly（19）
高雄市
文藻外語學院／
英文系

光是：在一切都
恍然大悟歸於平
靜後，自心底笑
出來的笑容。

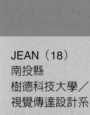

翻（22）
台中市
銘傳大學／
休閒遊憩學系

光是：歷久彌
新的友誼。

JEAN（18）
南投縣
樹德科技大學／
視覺傳達設計系

光是：不放棄地
突破一切困難，
朝向夢想前進。

H.Y（20）
台北市
銘傳大學／
商業設計學系

光是：我最最最
愛的家人。

小丑先生（21）
桃園市
銘傳大學／
商業設計學系

光是：點燃了彼此感
動的螢火蟲：螢火蟲
會消失，但光芒和感
動是不滅的。

末漓（20）
台中市
銘傳大學／
商業設計學系

光是：尋找自己
存在的意義。

撒比芭納納（22）
台北市
輔仁大學進修部
日本語文學系

光是：通往夢
想之路的燈
塔。

龍骨牡蠣湯（23）
南投縣
服役中

光是：永不放
棄。

嫻情逸致（22）
苗栗縣
玄奘大學／成人
及社區教育學系

光是：無窮的
希望和愛。

AnNy LeE（24）
台北市
英文老師

光是：能夠開心地
做自己喜歡做的
事。

凱西（24）
台北市
貿易公司助理

光是：可以讓我自
由自在的地方…我
的家：溫暖地照耀
著、保護著我和親
愛的家人。

Winnie（22）
加拿大
金斯頓皇后大學
生物化學系

光是：一種幸福
的完整。

Judy（24）
台南市
運動用品倉管員

光是：每個人快
樂幸福的笑容。

狗竹（26）
台北縣
台灣藝術大學／
美術系畢

光是：回憶儲存的
單位。

裔如（23）
新加坡
自由撰稿人、
作詞人

光是：相信自己。

本資料統計於2004年

國家圖書館出版品預行編目資料

看不見的光／kowei圖文－－初版.－－臺北市
：大塊文化，2005【民94】
面； 公分.－－(catch；94)

ISBN 986-7291-47-6(平裝)

855   94011041

105 台北市南京東路四段25號11樓

大塊文化出版股份有限公司　收

地址：□□□ ＿＿＿＿＿＿市／縣＿＿＿＿＿＿鄉／鎮／市／區
＿＿＿＿＿路／街＿＿＿段＿＿＿巷＿＿＿弄＿＿＿號＿＿＿樓
姓名：

編號：CA 094　書名：看不見的光

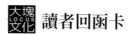 讀者回函卡

謝謝您購買這本書，為了加強對您的服務，請您詳細填寫本卡各欄，寄回大塊出版 (免附回郵) 即可不定期收到本公司最新的出版資訊。

姓名：＿＿＿＿＿＿＿　身分證字號：＿＿＿＿＿＿＿　性別：□男　□女

出生日期：＿＿＿年＿＿＿月＿＿＿日　聯絡電話：＿＿＿＿＿＿＿＿＿

住址：＿＿＿＿＿＿＿＿＿＿＿＿＿＿＿＿＿＿＿＿＿＿＿＿＿＿＿＿＿

E-mail：＿＿＿＿＿＿＿＿＿＿＿＿＿＿＿＿＿＿＿＿＿＿＿＿＿＿＿

學歷：1.□高中及高中以下　2.□專科與大學　3.□研究所以上

職業：1.□學生　2.□資訊業　3.□工　4.□商　5.□服務業　6.□軍警公教
　　　7.□自由業及專業　8.□其他

您所購買的書名：＿＿＿＿＿＿＿＿＿＿＿＿＿＿＿＿＿＿＿＿＿＿＿

從何處得知本書：1.□書店 2.□網路 3.□大塊電子報 4.□報紙廣告 5.□雜誌
　　　　　　　　6.□新聞報導 7.□他人推薦 8.□廣播節目 9.□其他

您以何種方式購書：1.逛書店購書 □連鎖書店 □一般書店　2.□網路購書
　　　　　　　　　3.□郵局劃撥 4.□其他

您購買過我們那些書系：

1.□touch系列　2.□mark系列　3.□smile系列　4.□catch系列　5.□幾米系列
6.□from系列　7.□to系列　8.□home系列　9.□KODIKO系列　10.□ACG系列
11.□TONE系列　12.□R系列　13.□GI系列　14.□together系列　15.□其他
您對本書的評價：(請填代號 1.非常滿意 2.滿意 3.普通 4.不滿意 5.非常不滿意)
書名＿＿＿＿　內容＿＿＿＿　封面設計＿＿＿＿　版面編排＿＿＿＿　紙張質感＿＿＿＿
讀完本書後您覺得：
1.□非常喜歡 2.□喜歡 3.□普通　4.□不喜歡　5.□非常不喜歡
對我們的建議：＿＿＿＿＿＿＿＿＿＿＿＿＿＿＿＿＿＿＿＿＿＿＿＿＿
＿＿＿＿＿＿＿＿＿＿＿＿＿＿＿＿＿＿＿＿＿＿＿＿＿＿＿＿＿＿＿＿
＿＿＿＿＿＿＿＿＿＿＿＿＿＿＿＿＿＿＿＿＿＿＿＿＿＿＿＿＿＿＿＿

LOCUS

LOCUS

LOCUS

LOCUS